The Wisdom of Ahmad Shah
An Afghan Legend

احمد شاہ کی حکمت

ایک افغانی قصہ

Retold by **Palwasha Bazger Salam**

تحریر: پلوشہ بزگر سلام

Some two hundred and fifty years ago the great King Ahmad Shah Durrani ruled Afghanistan. His magnificent empire extended from eastern Iran to northern India, and from the Amu Darya to the Indian Ocean.

Known to his people as Ahmad Shah Baba (Ahmad Shah, our Father), the king was an outstanding general and a just ruler.

تقریباً ڈھائی سو سال پہلے، عظیم بادشاہ احمد شاہ درانی افغانستان پر حکومت کرتا تھا۔ اس کی عظیم مملکت مشرقی ایران سے شمالی ہندوستان تک، اور آمو دریا سے لے کر بحر ہند تک پھیلی ہوئی تھی۔ اس کی رعایا اس کو احمد شاہ بابا کے نام سے جانتی تھی، اور وہ ایک ممتاز سپہ سالار اور عادل حکمران تھا۔

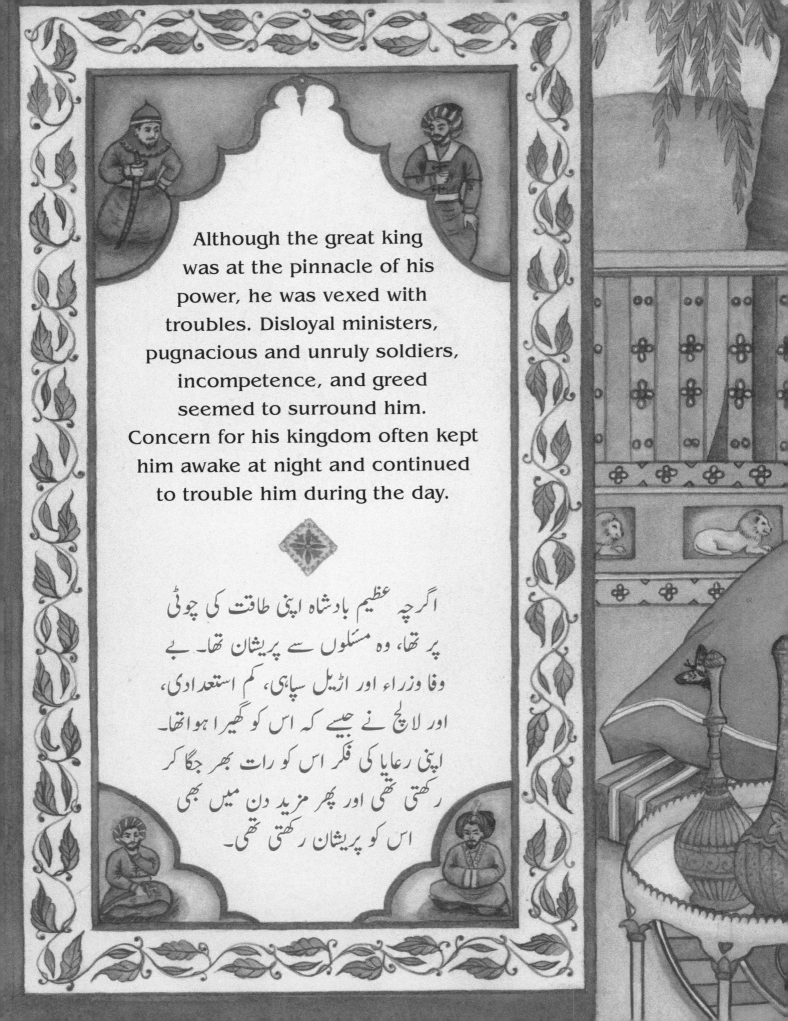

Although the great king
was at the pinnacle of his
power, he was vexed with
troubles. Disloyal ministers,
pugnacious and unruly soldiers,
incompetence, and greed
seemed to surround him.
Concern for his kingdom often kept
him awake at night and continued
to trouble him during the day.

اگرچہ عظیم بادشاہ اپنی طاقت کی چوٹی
پر تھا، وہ مسئلوں سے پریشان تھا۔ بے
وفا وزراء اور اڑیل سپاہی، کم استعدادی،
اور لالچ نے جیسے کہ اس کو گھیرا ہوا تھا۔
اپنی رعایا کی فکر اس کو رات بھر جگا کر
رکھتی تھی اور پھر مزید دن میں بھی
اس کو پریشان رکھتی تھی۔

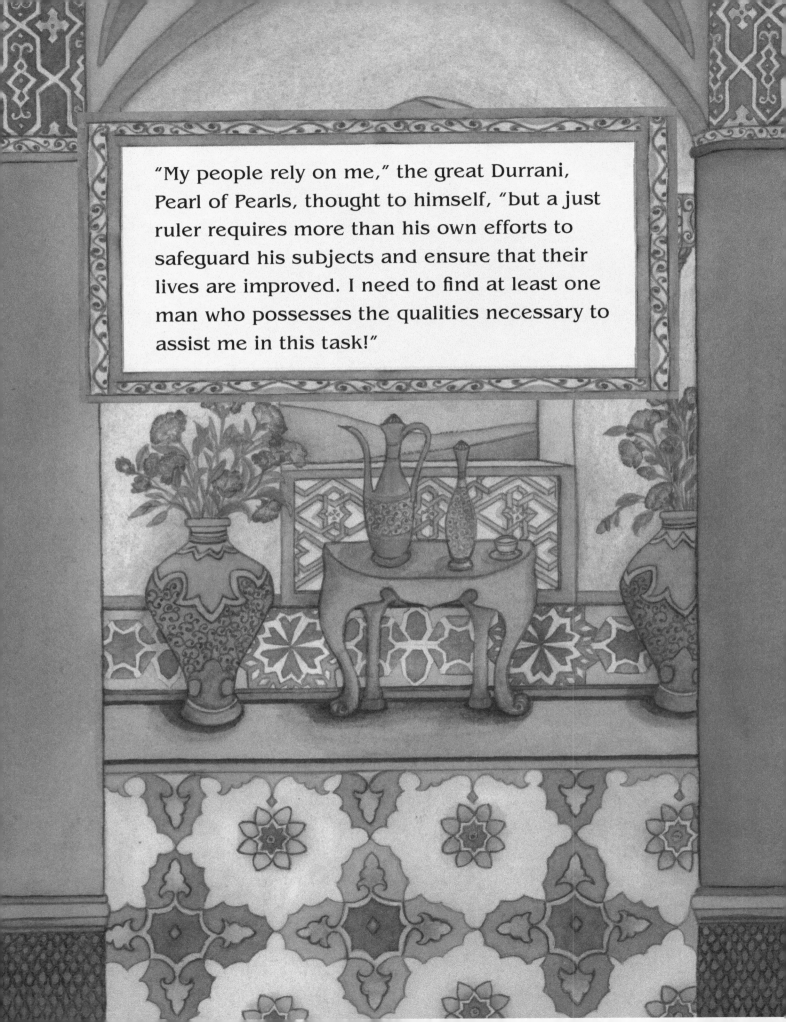

"My people rely on me," the great Durrani, Pearl of Pearls, thought to himself, "but a just ruler requires more than his own efforts to safeguard his subjects and ensure that their lives are improved. I need to find at least one man who possesses the qualities necessary to assist me in this task!"

'میرے لوگ مجھ پر بھروسا کرتے ہیں،' موتیوں کے موتی، عظیم درانی، نے سوچا۔ 'لیکن ایک عادل حکمران کو اپنی رعایا کے بچاؤ اور ان کی زندگیوں کو بہتر بنانے کے لیے صرف اپنی کوششوں سے زیادہ کی ضرورت ہے۔ مجھے کم از کم ایک آدمی کی ضرورت ہے، جس میں وہ خوبیاں ہوں جن سے وہ میرے کام میں میری مدد کر سکے!'

One day Ahmad Shah stood at a palace window gazing beyond the citadel walls to the bazaar below. He saw men and women bustling in crowds, some with loaded donkeys, others with camels, and yet others dragging carts of goods to sell. He saw people sample merchandise and haggle prices; he saw gossipmongers and storytellers, children playing in and out of stalls, people arguing, joking, shouting, and laughing as they went about their day.

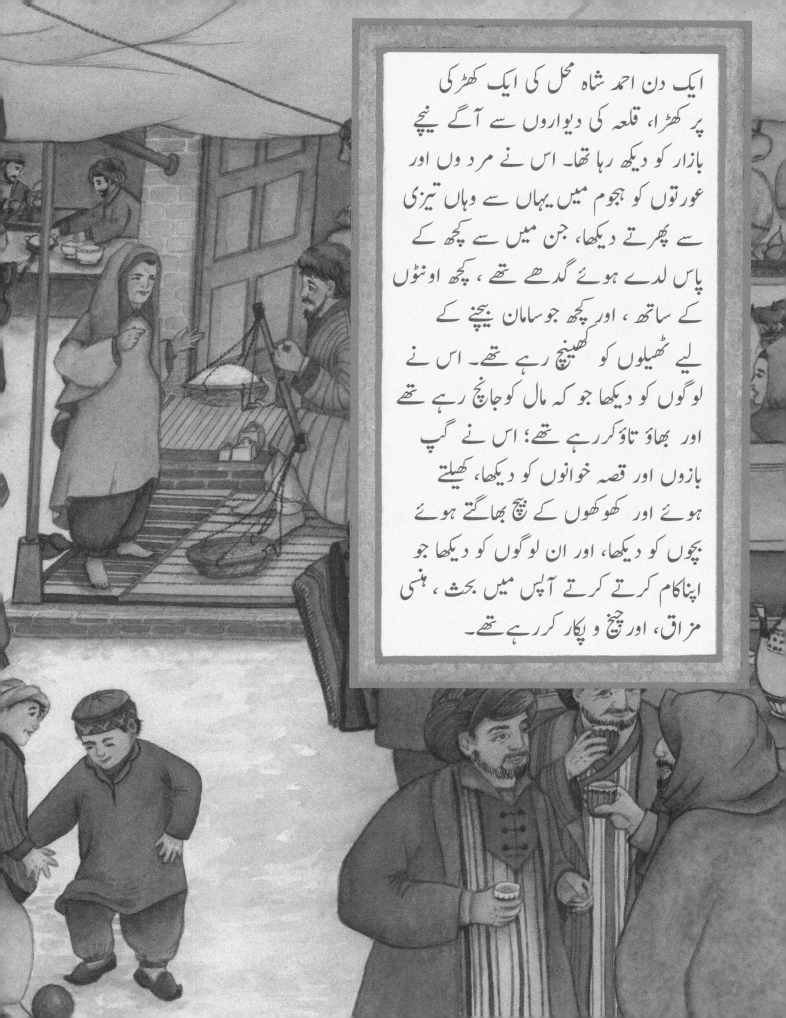

ایک دن احمد شاہ محل کی ایک کھڑکی
پر کھڑا، قلعہ کی دیواروں سے آگے نیچے
بازار کو دیکھ رہا تھا۔ اس نے مردوں اور
عورتوں کو ہجوم میں یہاں سے وہاں تیزی
سے پھرتے دیکھا، جن میں سے کچھ کے
پاس لدے ہوئے گدھے تھے ، کچھ اونٹوں
کے ساتھ ، اور کچھ جو سامان بیچنے کے
لیے ٹھیلوں کو کھینچ رہے تھے۔ اس نے
لوگوں کو دیکھا جو کہ مال کو جانچ رہے تھے
اور بھاؤ تاؤ کر رہے تھے؛ اس نے گپ
بازوں اور قصہ خوانوں کو دیکھا، کھیلتے
ہوئے اور کھوکھوں کے بیچ بھاگتے ہوئے
بچوں کو دیکھا، اور ان لوگوں کو دیکھا جو
اپنا کام کرتے کرتے آپس میں بحث ، ہنسی
مزاق، اور چیخ و پکار کر رہے تھے۔

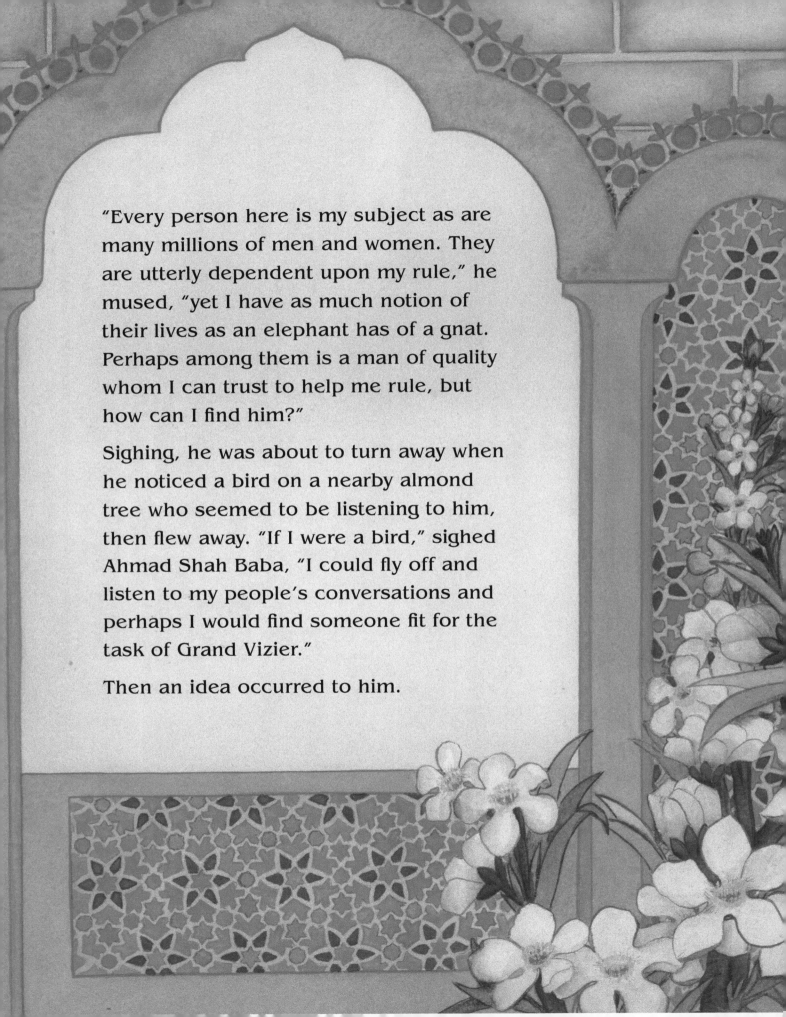

"Every person here is my subject as are many millions of men and women. They are utterly dependent upon my rule," he mused, "yet I have as much notion of their lives as an elephant has of a gnat. Perhaps among them is a man of quality whom I can trust to help me rule, but how can I find him?"

Sighing, he was about to turn away when he noticed a bird on a nearby almond tree who seemed to be listening to him, then flew away. "If I were a bird," sighed Ahmad Shah Baba, "I could fly off and listen to my people's conversations and perhaps I would find someone fit for the task of Grand Vizier."

Then an idea occurred to him.

'یہاں پر ہر شخص میرے تابع ہے، جیسا کہ لاکھوں اور مرد اور عورت ہیں۔ یہ سب میرے حکم کے مکمل تابع ہیں،' اس نے غور کیا۔ 'لیکن مجھے ان کی زندگیوں کے بارے میں اتنا علم ہے جتنا کہ ہاتھی کو مچھر کے بارے میں معلوم ہوتا ہے۔ شاید ان میں کوئی ایسا شخص ہو، جس میں بہت خوبیاں ہوں، جس پر میں اعتماد کرسکوں، جو حکومت کرنے میں میری مدد کرسکے۔ لیکن میں اسے کیسے تلاش کروں؟'

اس نے آہ بھری، اور وہ اس منظر سے مڑنے ہی والا تھا، جب اس نے قریب ایک بادام کے درخت پر ایک پرندے کو دیکھا، اور اسے ایسا لگا کہ جیسے وہ پرندہ اس کو سن رہا تھا، اور پھر اڑ گیا۔ 'اگر میں پرندہ ہوتا،' احمد شاہ بابا نے آہ بھر کر کہا، 'میں اڑ کر اپنی رعایا کی باتوں کو سن سکتا اور ممکن ہے کہ میں ایسے قابل شخص کو ڈھونڈ پاتا جس کو میں وزیر اعظم کا کام سونپ سکتا۔'

پھر اس کے ذہن میں ایک خیال آیا۔

That afternoon Ahmad Shah slipped quietly from the palace gates disguised in the ragged clothes of a poor man. As he walked freely through the crowds, the stalls, and the shops, he watched and listened, absorbing the ways of his people.

اسی دوپہر کو احمد شاہ چپکے سے محل کے باہر نکل گیا،
پھٹے پرانے کپڑے پہن کر ایک غریب آدمی کے
بھیس میں۔ جیسے وہ ہجوم، کھوکھوں، اور دوکانوں کے
بیچ بلا جھجک چلتا پھرا، اس نے دیکھا اور سنا، اور وہ
اپنی رعایا کے طور طریقوں کو سمجھنے لگا۔

Before long, he noticed a cobbler repairing a merchant's shoes. When the merchant left with the shoes, the young cobbler sat back, a radiant smile on his face. "Young sir," the king said, "may I ask what makes you so happy?"

"Why, sir, today I have fixed enough shoes to buy what I need for my dinner."

"But what would you do if you had no shoes to fix?" asked the king.

"I would trust in God and find another way to earn my food," replied the young man.

تھوڑی ہی دیر میں، اس نے ایک موچی کو دیکھا، جو کہ ایک تاجر کے جوتوں کی مرمّت کر رہا تھا۔ جب تاجر جوتوں کو لے کر چلا گیا، نوجوان موچی آرام سے بیٹھ گیا، اور اس کے چہرے پر مسرت بھری مسکراہٹ کھل اٹھی۔ 'بیٹا،' بادشاہ نے کہا، 'کیا میں پوچھ سکتا ہوں کہ تم کس بات سے اتنا خوش ہو؟'

'بھئی جناب، آج میں نے اتنے جوتوں کی مرمّت کی ہے، کہ شام کے کھانے کے لیے اب میں وہ سب کچھ خرید سکتا ہوں جس کی مجھے ضرورت ہے۔'

'لیکن تم کیا کرتے اگر تمہارے پاس مرمّت کرنے کے لیے جوتے نہ ہوتے؟' بادشاہ نے پوچھا۔

'میں خدا پر توکل کرکے اپنا رزق کمانے کے لیے کوئی اور راستہ تلاش کرتا،' نوجوان آدمی نے جواب دیا۔

Back at the palace, the king reflected on the cobbler's words. The next morning when the cobbler began to ply his trade, he heard that a new law had been decreed: it was now illegal for anyone to repair shoes.

Before the cobbler could decide what to do, he noticed an old woman struggling with a bucket of water, and he rushed to help her. "Young man, this is just the kind of assistance we need near this well," she said, and for his trouble she handed him a coin. So the former cobbler became a water-carrier and in that way earned enough money each day to buy himself something to eat.

دوبارہ محل پہنچ کر، بادشاہ نے موچی کی باتوں پر غور کیا۔ اگلی صبح، جب موچی نے اپنا کام کرنا شروع کیا، اس نے سنا کہ ایک نیا قانون نافذ کیا گیا ہے: اب جوتے مرمّت کرنا غیر قانونی تھا۔

اس سے پہلے کہ موچی یہ فیصلہ کر پاتا کہ وہ اب کیا کرے، اس نے ایک بوڑھی عورت کو دیکھا جسے پانی کی بالٹی اٹھانے میں مشکل پیش آرہی تھی۔ وہ اس کی مدد کرنے تیزی سے بھاگا۔ 'نوجوان لڑکے، یہ بالکل اسی طرح کی مدد ہے جس کی ہمیں اس کنویں کے پاس ضرورت ہے،' اس نے کہا، اور پھر اسے یہ زحمت اٹھانے کے لیے ایک سکّہ پکڑا دیا۔ یوں، وہ سابق موچی پانی اٹھانے والا بن گیا، اور اس طرح روز اتنے پیسے کما سکا جس سے وہ اپنے لیے کھانے کے لیے کچھ خرید سکتا تھا۔

A few days later, the king, once more disguised as a poor man, sought out the young man. "How are you faring now that the king has issued an edict against mending shoes?" he asked.

"Now I am a water-carrier," said the young man, "and trusting in God, I am able to buy the food I need."

The king left him and returned to the palace.

کچھ دن بعد، بادشاہ، پھر سے ایک غریب آدمی کے بھیس میں، نے اس نوجوان آدمی کو تلاش کیا۔ 'اب تمہارا کیسے گزارہ ہو رہا ہے، جب بادشاہ نے جوتوں کی مرمّت کرنے کے خلاف فرمان جاری کر دیا ہے؟' اس نے پوچھا۔

'اب میں پانی اٹھاتا ہوں،' نوجوان آدمی نے کہا، 'اور خدا پر توکل کر کے میں اپنے لیے ضرورت کا کھانا خرید سکتا ہوں۔'

بادشاہ اس سے رخصت ہو کر محل لوٹ گیا۔

Very soon there was another edict: it was now illegal for anyone to carry water for anyone else.

Two more days passed and the king in his disguise found the young man and asked, "How are you faring now that the laws of the land have changed once again to your disadvantage?"

"I trust in God and am a woodcutter now," said the young man. He explained that on the day after the proclamation, he had noticed an old man carrying wood on his back and had offered to help him. To his good fortune, the old man had hired him to be his assistant. "So all is well! I have enough money at the end of each day to buy the food I need."

بہت جلد، ایک دوسرا فرمان جاری ہوا: اب کسی اور کے لیے پانی اٹھانا غیر قانونی ہو گیا تھا۔

دو اور دن گزرے اور بادشاہ نے اسی طرح بھیس بدل کر نوجوان آدمی کو ڈھونڈا اور اس سے پوچھا، 'اب تمہارا کیسے گزارہ ہو رہا ہے، جب سے ملک کے قانون دوبارہ بدل کر پھر سے تمہارے لیے نقصاندہ ثابت ہو رہے ہیں؟'

'میں خدا پر توکل کرتا ہوں اور اب میں لکڑہارا بن گیا ہوں،' نوجوان آدمی نے کہا۔ اس نے وضاحت کی کہ اعلان ہونے کے ایک دن بعد، اس نے ایک بوڑھے آدمی کو اپنی کمر پر لکڑیاں اٹھاتے ہوئے دیکھا، اور اسے اپنی مدد پیش کی۔ خوش نصیبی سے بوڑھے آدمی نے اس کو بطور ماتحت نوکری دے دی۔ 'سو اب سب کچھ ٹھیک ہے! اب ہر روز دن ختم ہونے پر میرے پاس اتنے پیسے ہوتے ہیں کہ میں اپنے لیے ضرورت کا کھانا خرید سکتا ہوں۔'

The next day the young man was walking towards the forest with other woodcutters when Royal Guards suddenly surrounded them all. "The great Ahmad Shah Durrani has ordered that all woodcutters become palace soldiers for the honor and glory of the realm, to serve his royal command without pay or place to sleep," announced the captain.

اگلے دن نوجوان آدمی اور لکڑہاروں کے ساتھ جنگل کی طرف چل کر جا رہا تھا، جب اچانک سے شاہی محافظوں نے ان سب کو گھیر لیا۔ 'عظیم احمد شاہ درانی نے حکم دیا ہے کہ تمام لکڑہارے مملکت کی عزت اور وقار کے لیے محل کے سپاہی بن جائیں گے، تاکہ وہ شاہی فرمان کی تابعداری کر سکیں، بنا کسی معاوضے یا سونے کی جگہ کے،' کپتان نے اعلان کیا۔

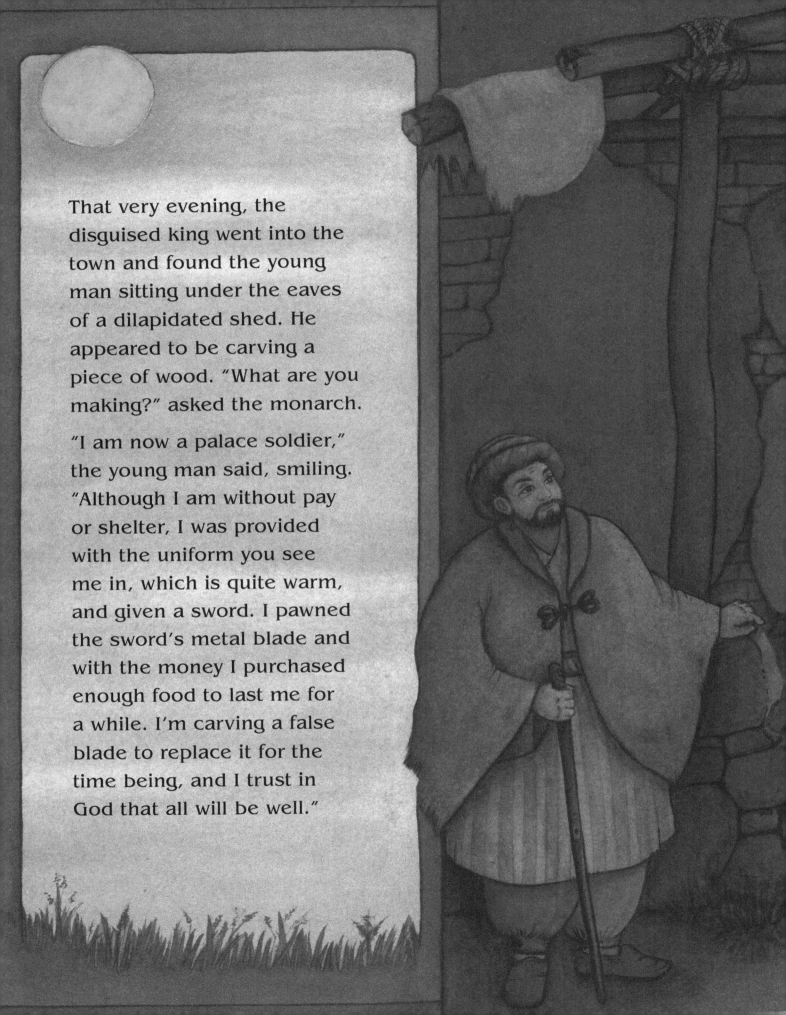

That very evening, the disguised king went into the town and found the young man sitting under the eaves of a dilapidated shed. He appeared to be carving a piece of wood. "What are you making?" asked the monarch.

"I am now a palace soldier," the young man said, smiling. "Although I am without pay or shelter, I was provided with the uniform you see me in, which is quite warm, and given a sword. I pawned the sword's metal blade and with the money I purchased enough food to last me for a while. I'm carving a false blade to replace it for the time being, and I trust in God that all will be well."

اسی شام کو، بھیس بدل کر بادشاہ شہر میں گیا اور اس نے نوجوان آدمی کو ایک ٹوٹے پھوٹے چھپر کی چھت کے آگے نکلے ہوئے حصے کے نیچے بیٹھا پایا۔ ایسا معلوم ہو رہا تھا کہ وہ لکڑی کے ٹکڑے کو تراش رہا تھا۔ "تم کیا بنا رہے ہو؟" بادشاہ نے پوچھا۔

"میں اب محل کا سپاہی ہوں،" نوجوان آدمی نے مسکراتے ہوئے کہا۔ "اگرچہ میں معاوضے یا پناہ گاہ کے بغیر ہوں، مجھے یہ وردی دی گئی ہے جو آپ مجھے پہنے دیکھ رہے ہیں، جو کہ کافی گرم ہے، اور مجھے ایک تلوار بھی دی گئی ہے۔ میں نے تلوار کی لوہے کی دھار کو گروی رکھ دیا ہے اور ان پیسوں سے میں نے اتنا کھانا خرید لیا ہے جو کہ میرے لیے کافی وقت تک چلے گا۔ میں کچھ وقت کے لیے اس کے بدل ایک جھوٹی دھار کو تراش رہا ہوں، اور مجھے خدا پر توکل ہے کہ سب کچھ ٹھیک رہے گا۔"

The very next day, a man accused of killing his brother-in-law was tried and found guilty, and the young soldier was selected to behead the murderer in retribution, as dictated by justice and the law of the land. With the Commander of the Guards and a retinue of fellow soldiers, he marched to the place of execution with his wooden sword in its sheath.

As was the custom, King Ahmad Shah was present, but because he was dressed in his royal turban, his fur-lined coat, and his embroidered vest, he was unrecognizable to the young soldier, who stood to attention beside the prisoner awaiting the order to strike the fatal blow.

بالکل اگلے ہی دن، ایک آدمی، جس پر الزام لگایا گیا تھا کہ اس نے اپنے بہنوئی کا خون کیا ہے، کا مقدمہ ہوا اور اسے مجرم قرار دیا گیا، اور اس نوجوان سپاہی کو، عدل اور ملک کے قانون کے مطابق، اس کا سر قلم کرنے کے لیے چنا گیا۔ محافظوں کے سپہ سالار اور اپنے ساتھی سپاہیوں کے ساتھ وہ اس جگہ کی طرف آگے بڑھا جہاں سزائے موت دی جانے والی تھی، میان میں اپنی لکڑی کی تلوار لیے ہوئے۔

جیسا کہ رواج تھا، بادشاہ احمد شاہ موجود تھا، مگر چونکہ وہ اپنی شاہی پگڑی، اونی کوٹ اور کڑھائی کیا گیا واسکٹ پہنے ہوئے تھا، نوجوان سپاہی اس کو پہچان نہیں سکا، اور وہ قیدی کے پاس مستعد انداز میں تن کر کھڑا رہا، مہلک ضرب دینے کے حکم کے انتظار میں۔

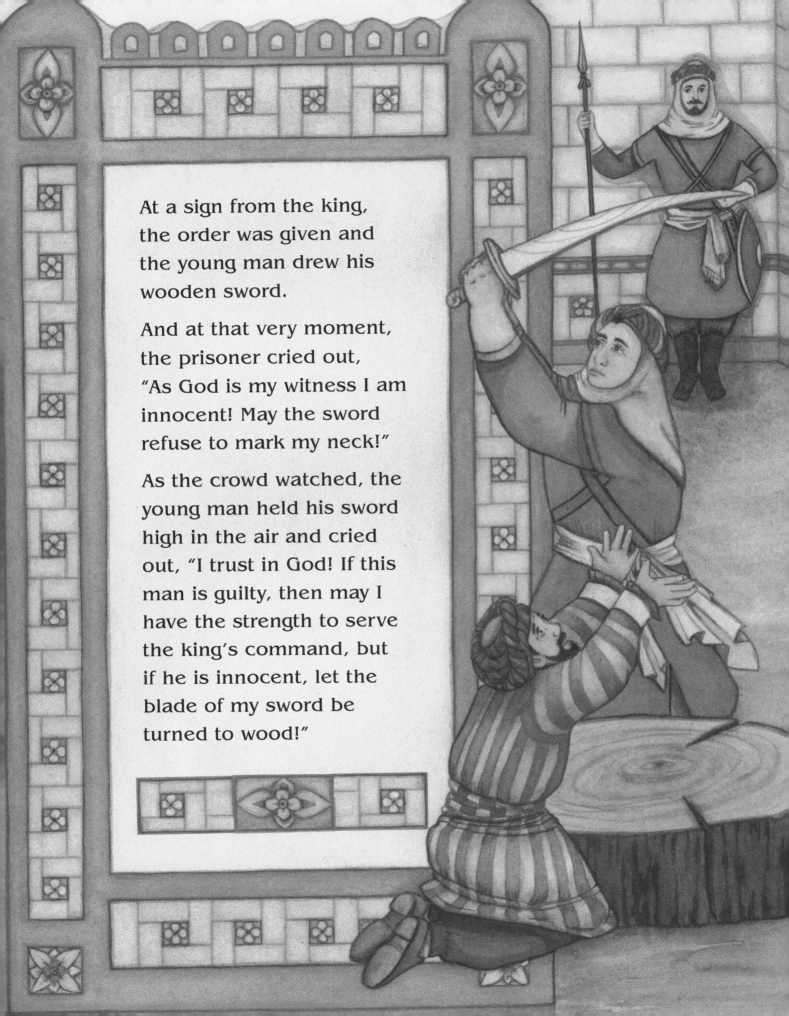

At a sign from the king, the order was given and the young man drew his wooden sword.

And at that very moment, the prisoner cried out, "As God is my witness I am innocent! May the sword refuse to mark my neck!"

As the crowd watched, the young man held his sword high in the air and cried out, "I trust in God! If this man is guilty, then may I have the strength to serve the king's command, but if he is innocent, let the blade of my sword be turned to wood!"

بادشاہ کے اشارہ پر حکم دیا گیا، اور نوجوان آدمی نے اپنی لکڑی کی تلوار میان میں سے نکالی۔

اور بیک وقت، قیدی نے پکارا، 'خدا گواہ ہے کہ میں بے گناہ ہوں! خدا کرے کہ تلوار میری گردن پر نشان لگانے سے انکار کر دے!'

جیسے ہجوم نے دیکھا، نوجوان آدمی نے اپنی تلوار کو ہوا میں اونچا اٹھا کر پکارا، 'میں خدا پر توکل کرتا ہوں۔ اگر یہ شخص قصوروار ہے، تو خدا مجھے ہمت دے کہ میں بادشاہ کا حکم پورا کر سکوں، لیکن اگر یہ بے گناہ ہے، تو خدا کرے کہ میری تلوار کی دھار لکڑی میں تبدیل ہو جائے!'

The wooden blade left no mark upon the prisoner's neck.

Upon further investigation, the real murderer was found and the innocent man was set free. And Ahmad Shah Baba, the father of modern Afghanistan, realized that he had found his Grand Vizier, a man with the qualities he needed to help him run his empire, rule his people justly, and improve their lives.

❧

لکڑی کی تلوار نے قیدی کی گردن پر کوئی نشان نہیں چھوڑا۔

مزید تفتیش کے بعد، اصلی قاتل مل گیا، اور بے گناہ آدمی رہا کر دیا گیا۔ اور احمد شاہ بابا، جدید افغانستان کے بابا، کو سمجھ آگئی کے اس کو اپنا وزیر اعظم مل گیا ہے، وہ آدمی جس میں وہ خوبیاں تھیں جن کی اسے ضرورت تھی، اپنی مملکت چلانے، اپنی رعایا پر عدل و انصاف سے حکومت کرنے ،اور ان کی زندگیاں بہتر بنانے کے لیے۔

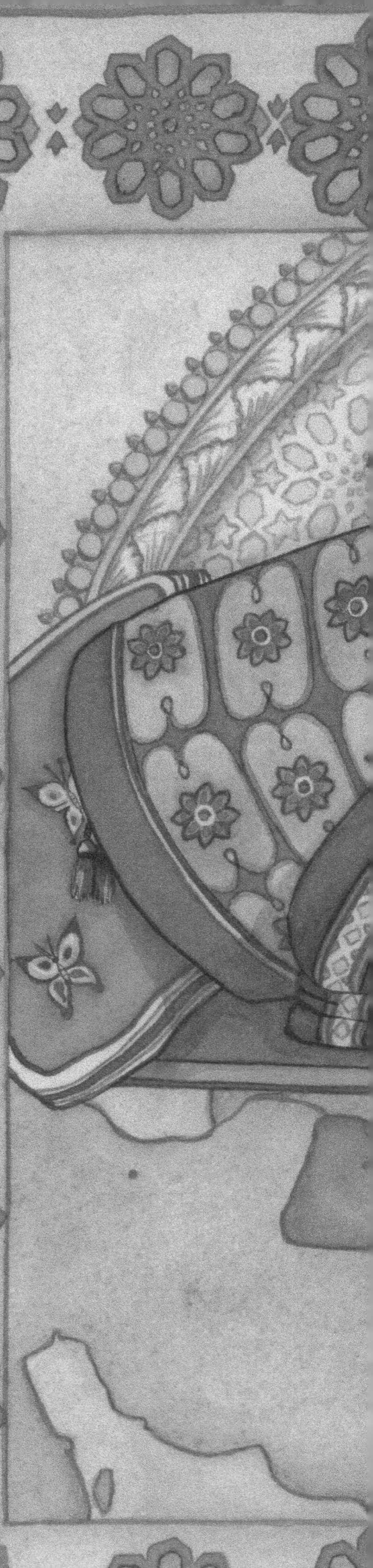

AHMAD SHAH DURRANI (1722-1772)

Known as the father of modern Afghanistan, Ahmad Shah Durrani (formerly Ahmad Khan Abdali), was the first of the Saddozai rulers of Afghanistan and founder of the Durrani empire. He belonged to the Saddozai section of the Popalzai clan of the Abdali tribe of Afghans. In the 18th century the Abdalis were located chiefly around Herat. Under their leader Zaman Khan, father of Ahmad Khan, they resisted Persian attempts to take Herat until, in 1728, they were forced to submit to Nadir Shah. Recognizing the fighting qualities of the Abdalis, Nadir Shah enlisted them in his army.

Ahmad Khan Abdali distinguished himself in Nadir's service and quickly rose from the position of a personal attendant to the command of Nadir's Abdali contingent in which capacity he accompanied the Persian conqueror on his Indian expedition in 1739. In June 1747, Nadir Shah was assassinated by conspirators at Kuchan in Khurasan. This prompted Ahmad Khan and the Afghan soldiery to set out for Kandahar.

On the way they elected Ahmad Khan as their leader, hailing him as Ahmad Shah. Ahmad Shah assumed the title of Durr-i-Durran (Pearl of Pearls) after which the Abdali tribe were known as Durranis. He was crowned at Kandahar where coins were struck in his name.

With Kandahar as his base, he easily extended his control over Ghazni, Kabul and Peshawar. Rallying his Pashtun tribes and allies, he pushed east towards the Mughal and the Maratha Empire of India, west towards the disintegrating Afsharid Empire of Persia, and north toward the Khanate of Bukhara. Within a few years, he extended Afghan control from Khorasan in the west to Kashmir and North India in the east, and from the Amu Darya in the north to the Arabian Sea in the south.

At Ahmad Shah's death in 1772, the Durrani Empire encompassed present-day Afghanistan, northeastern Iran, eastern Turkmenistan (around the Panjdeh oasis), the Kashmir region, the modern state of Pakistan and northwestern India, extending from the Oxus to the Indus and from Tibet to Khorasan. In the second half of the 18th century, the Durrani Empire was the second-largest Muslim empire in the world, after the Ottoman Empire.

Ahmad Shah's mausoleum is located at Kandahar, adjacent to the Shrine of the Cloak of Prophet Muhammad in the center of the city. The Afghans refer to him as Ahmad Shah Baba ("Ahmad Shah, the Father"). He is not only greatly admired by Afghans for his service and dedication to his people throughout his life, he is also honored as one of the best poets of Pashto language.

He was a learned man and often held a **Majlis-e-Ulema** (Assembly of the Learned), which was attended by the best minds of his kingdom. They would discuss divinity, civil law, science and poetry. He appointed a Prime Minister and a Council of nine lifetime advisers who were leaders of the main tribes. In this way Afghanistan became a unified country under his rule.

احمد شاہ درانی (۱۷۲۲-۱۷۷۲)

جدید افغانستان کا بانی سمجھا جانے والا احمد شاہ درانی (سابق احمد خان ابدالی) افغانستان کے سدوزی حکمرانوں میں سے پہلا حکمران تھا اور درانی سلطنت کا بانی تھا۔ وہ افغانی ابدالی قبیلے کے پوپلزی خاندان کے سدوزی حصے سے تعلق رکھتا تھا۔ اٹھارویں صدی میں ابدالی زیادہ تر ھرات کے گرد مقیم تھے۔ احمد خان کے والد زمان خان کی سربراہی تلے، انہوں نے فارسیوں کی ھرات پر قبضہ کرنے کی کوششوں کے خلاف مقابلہ کیا، جب تک کہ ۱۷۲۸ میں ان کو نادر شاہ سے ہار ماننی پڑی۔ ابدالیوں کی جنگی مہارت کو دیکھ کر نادر شاہ نے ان کو اپنی فوج میں بھرتی کر لیا۔

احمد خان ابدالی نادر کی خدمت میں ممتاز ہوا اور جلد ایک خدمت گار کے رتبہ سے ترقی کر کے ابدالی دستہ کی کمان اس کے پاس آگئی۔ اسی حیثیت سے وہ فارسی فاتح کے ساتھ اس کی ہندوستانی مہم پر ۱۷۳۹ میں گیا۔ جون ۱۷۴۷ میں نادر شاہ قزلباشی سازشیوں کے ہاتھوں قوچان، خراسان میں ہلاک کر دیا گیا۔ اس پر احمد شاہ اور افغانی فوج قندھار جانے پر مائل ہوگئے۔

راستے میں انہوں نے احمد خان کو اپنا سربراہ منتخب کر لیا، اور اسے احمد شاہ کا خطاب دیا۔ احمد شاہ نے دُرِ دران (موتیوں کا موتی) کا لقب اپنا لیا، اور اس کے بعد ابدالی قبیلہ درانی کے نام سے جانا گیا۔ اس کو قندھار میں تاج پہنایا گیا، اور وہاں اس کے نام کے سکّے بنائے گئے۔

اس نے قندھار کو اپنا مرکز بنا کر، آسانی سے اپنی حکومت غزنی، کابل، اور پشاور میں پھیلا دی۔ اپنے پشتو قبیلوں اور ساتھیوں کو جمع کر کے، اس نے مشرق میں ہندوستان کی مغل اور مراٹھی سلطنت، مغرب میں ایران کی ٹوٹتی ہوئی افشاری سلطنت، اور شمال میں بخارا کی ریاست کی سمت میں مقابلے کیے۔ کچھ ہی سالوں میں، اس نے افغانی حکومت مغرب میں خراسان سے لے کر مشرق میں کشمیر اور شمالی ہندوستان تک، اور شمال میں آمو دریا سے لے کر جنوب میں بحیرہ عرب تک پھیلا دی۔

۱۷۷۲ میں اس کی وفات کے وقت، درانی سلطنت میں جدید دور کے افغانستان، شمال مشرقی ایران، مشرقی ترکمانستان (پنجدہ کے گرد)، کشمیر کا علاقہ، پاکستان اور شمال مغربی ہندوستان شامل تھے، اور یہ آمو دریا سے لے کر دریائے سندھ اور تبت سے لے کر خراسان تک پھیلی ہوئی تھی۔ اٹھارویں صدی کے دوسرے حصے میں عثمانی سلطنت کے بعد وہ پوری دنیا میں دوسری بڑی اسلامی سلطنت تھی۔

احمد شاہ کا مقبرہ قندھار میں مقیم ہے، خرقہ شریف کے برابر، شہر کے بیچ میں۔ افغانی اس کو احمد شاہ بابا کے نام سے جانتے ہیں۔ اسے نہ صرف افغانی بہت پسند کرتے ہیں، اپنی پوری زندگی اپنی رعایا کی خدمت میں وقف کرنے پر، بلکہ اس کو پشتو زبان کے بہترین شاعروں میں سے ایک ہونے کا اعزاز بھی حاصل ہے۔

وہ ایک عالم تھا، اور وہ اکثر مجلسِ علماء منعقد کرتا تھا، جس میں سلطنت کے سب سے ذہین لوگ شریک ہوتے تھے۔ وہ دینیات، دیوانی قانون، سائنس، اور شاعری پر بات چیت کیا کرتے تھے۔ اس نے ایک وزیر اعظم کو اور نو اہم قبیلوں کے سرداروں کو بطور تاحیات مشیروں کے مقرر کیا تھا۔ یوں، اس کے عہد میں، افغانستان ایک متحد ملک بن گیا تھا۔

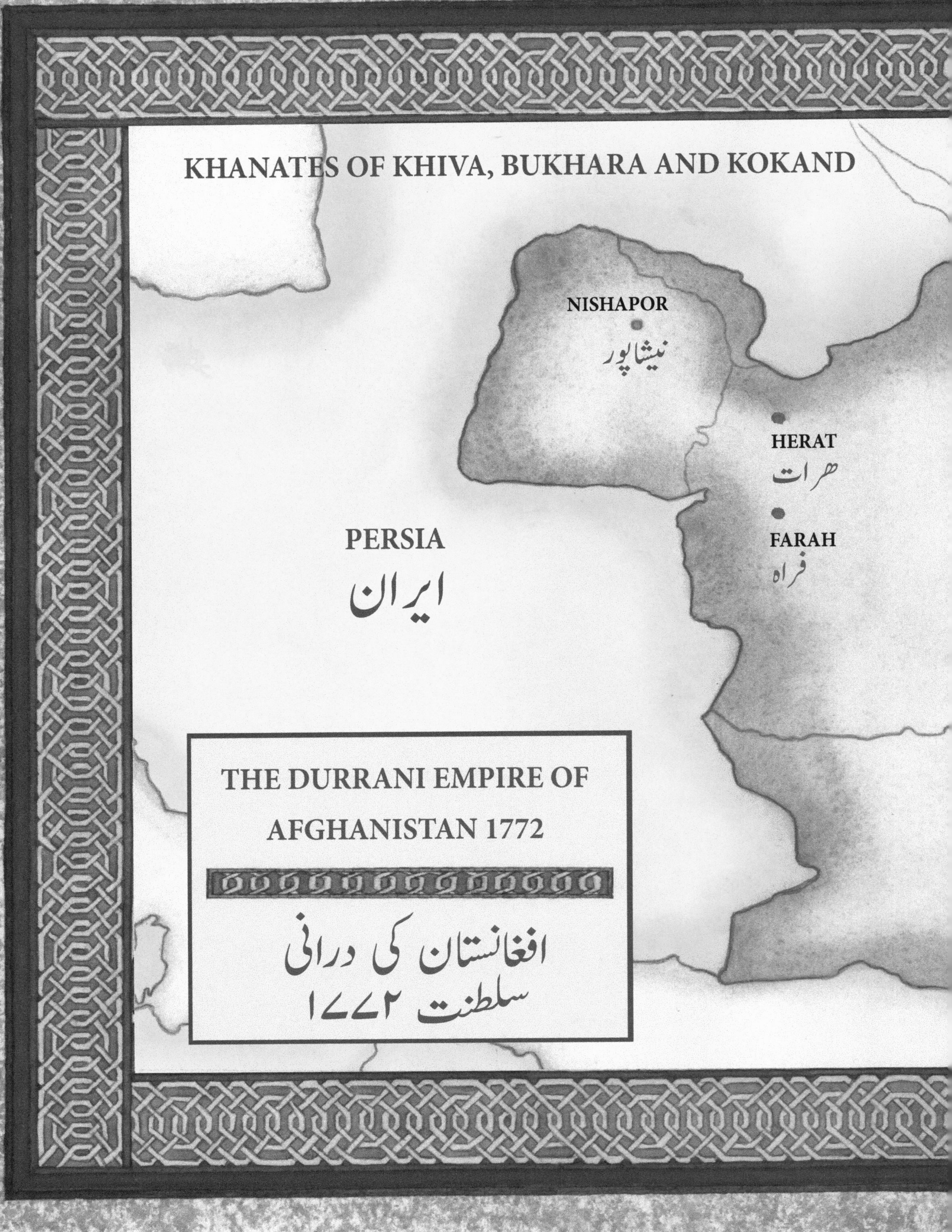

KHANATES OF KHIVA, BUKHARA AND KOKAND

NISHAPOR
نیشاپور

HERAT
هرات

FARAH
فراه

PERSIA
ایران

THE DURRANI EMPIRE OF AFGHANISTAN 1772

افغانستان کی درانی
سلطنت ۱۷۷۲

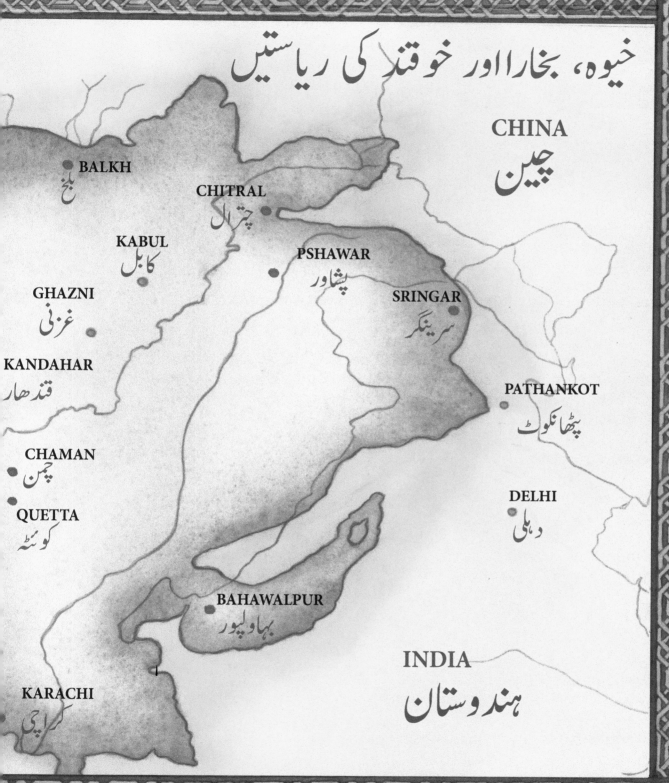

خیوہ، بخارا اور خوقند کی ریاستیں

CHINA
چین

BALKH
بلخ

CHITRAL
چترال

KABUL
کابل

PSHAWAR
پشاور

SRINGAR
سرینگر

GHAZNI
غزنی

KANDAHAR
قندھار

PATHANKOT
پٹھانکوٹ

CHAMAN
چمن

DELHI
دہلی

QUETTA
کوئٹہ

BAHAWALPUR
بہاولپور

KARACHI
کراچی

INDIA
ہندوستان

SUGGESTED READERS' DISCUSSION POINTS

1. The extent of the Durrani Empire at Ahmad Shah's death is shown on the map on the previous page. This is an historical fact. What is the difference between an historical fact and a legend?

2. Why do you think legends exist?

3. What qualities do you think the young woodcutter has? See if you can come up with at least five qualities.*

4. How were these qualities useful for
   (a) the woodcutter and (b) King Ahmad Shah?

5. Would these qualities be useful for your own life – why do you think so?

6. Give examples of situations where each of the qualities you think the young man has could be useful for you at home, in school, and/or in your future life as an adult.

7. What qualities do you think King Ahmad Shah has? See if you can come up with at least five qualities.**

8. What qualities do you think you would need to lead your country today?

9. One of the sayings attributed to the Prophet Mohammad is "Tie your camel first, then put your trust in God." What does this mean to you, and do you think the woodcutter adhered to this advice? Explain your reasons.

(*Examples of appropriate qualities for the woodcutter are: patience, perseverance, courage, generosity, integrity, optimism, faith, intuition.)

(**Examples of Ahmad Shah's qualities are: sagacity, perceptiveness, intelligence, empathy, intuition, courage, humility, faith, resolve, fairness and responsibility.)

پڑھنے والوں کے لیے بات چیت کرنے کے لیے کچھ تجاویز

۱۔ احمد شاہ کی وفات کے وقت درانی سلطنت کی وسعت پچھلے دو صفحوں پر دکھائی گئی ہے۔ یہ ایک تاریخی حقیقت ہے۔ تاریخی حقیقت اور قصے میں کیا فرق ہے؟

۲۔ آپ کے خیال میں قصے کیوں پائے جاتے ہیں؟

۳۔ آپ کے خیال میں نوجوان لکڑہارے میں کیا خوبیاں ہیں؟ کیا آپ کم از کم پانچ خوبیاں بتا سکتے ہیں؟*

۴۔ یہ خوبیاں کس طرح اہم تھیں (ا) لکڑہارے اور (ب) بادشاہ احمد شاہ کے لیے؟

۵۔ کیا یہی خوبیاں آپ کے لیے آپ کی اپنی زندگی میں کام آسکتی ہیں؟ آپ کے خیال میں کیوں؟

۶۔ کچھ مثالیں دیجیے ایسے موقعوں کی جب وہ خوبیاں جو اس نوجوان آدمی میں ہیں آپ کے لیے مفید ثابت ہوسکتی ہیں گھر اور سکول میں یا پھر مستقبل میں جب آپ بڑے ہوجائیں گے۔

۷۔ آپ کے خیال میں احمد شاہ میں کیا خوبیاں ہیں؟ کیا آپ کم از کم پانچ خوبیاں بتا سکتے ہیں؟**

۸۔ آپ کے خیال میں وہ کونسی خوبیاں ہیں جو آپ کو آج کل کے دور میں اپنا ملک چلانے کے لیے ضروری ہیں؟

۹۔ نبی کریم حضرت محمدؐ کی حدیث ہے کہ 'پہلے اپنا اونٹ باندھو اور پھر اللہ پر توکل کرو۔' آپ کے خیال میں اس کا کیا مطلب ہے؟ آپ کے خیال میں کیا لکڑہارا اس نصیحت پر عمل کررہا تھا؟ اپنی وجوہات پیش کیجیے۔

(*مثال کے طور پر لکڑہارے کی خوبیاں یہ تھیں: صبر، ثابت قدمی، بہادری، سخاوت، ایمانداری، پُرامیدی، یقین، اور وجدان)

(**مثال کے طور پر احمد شاہ کی خوبیاں یہ تھیں: دانائی، قوتِ ادراک، عقل، ہمدردی، وجدان، بہادری، انکساری، ثابت قدمی، عدل، اور ذمّہ داری)

First English Edition - ISBN: 978-1-942698-06-7 (hb)

First English Paperback Edition 2015

This English-Urdu Edition 2017
Published by Hoopoe Books in partnership with Alif Laila Book Bus Society

Hoopoe Books
The Institute for the Study of Human Knowledge (ISHK)
171 Main St. #140
Los Altos, CA 94022, USA
www.hoopoebooks.com

Alif Laila Book Bus Society
3-B Main Market Gulberg II
Lahore
Punjab, Pakistan
www.aliflaila.org.pk

ISBN: 978-1-946270-40-5

This Afghan story is well known in Central Asia and in Europe. It can be found in a number of anthologies and under various names. For example, a version called 'The Wooden Sword' is found in 'Wisdom Tales from Around the World' by Heather Forest, and in 'Learning How to Learn' by Idries Shah, the retelling is called 'The King and the Woodcutter.'

یہ افغانی کہانی وسطی ایشیا اور یورپ میں مشہور ہے۔ یہ کئی مجموعوں میں پائی جاتی ہے۔ مثلاً، ایک بیان، 'دی ووڈن سورڈ' کے عنوان سے ہیدر فوریسٹ کی تحریر کردہ 'وزڈم ٹیلز فرام اراؤنڈ دی ورلڈ' میں موجود ہے، اور ادریس شاہ کی تحریر کردہ 'لرننگ ہاؤ ٹو لرن' میں یہی کہانی 'دی کنگ اینڈ دی ووڈکٹر' کے عنوان سے بتائی گئی ہے۔